MISTER KLEIN

Roger Hargreaves

Rieder Bilderbücher

Mister Klein war sehr klein. Möglicherweise war er das kleinste Wesen, dem du je in deinem Leben begegnet bist!

Oder besser gesagt: das kleinste Wesen, dem du in deinem Leben nicht begegnet bist, denn er war so klein, dass man ihn eigentlich immer übersah …

Mister Klein war ungefähr so groß wie eine Stecknadel, die ja nun wirklich nicht groß ist. Besser wäre es also, zu sagen: Mister Klein war so klein wie eine Stecknadel!

Mister Klein wohnte in einem kleinen Haus unter einem Gänseblümchen am unteren Ende des Gartens von Herrn Robinson.

Obwohl es winzig war, war es ein sehr hübsches Häuschen und passte ausgezeichnet zu Mister Klein. Er lebte gerne darin.

Nun, unsere Geschichte beginnt damit, dass Mister Klein beschloss, sich einen Job zu suchen.

Das war problematisch, denn welche Jobs kamen für Mister Klein schon in Frage? So viele „kleine Jobs" gibt es gar nicht …

Mister Klein hatte schon sehr viel darüber nachgedacht, aber eine richtig gute Idee war ihm bisher noch nicht gekommen.

Keine einzige …

Beim Mittagessen dachte er gerade wieder über diese Sache nach.

Es gab eine halbe Erbse, einen Brotkrümel und einen Tropfen Limonade.

Mister Klein dachte angestrengt nach, während er sein üppiges Mahl verspeiste, aber es kam nichts dabei heraus.

Das viele Nachdenken machte ihn durstig und so trank er noch einen zweiten Tropfen Limonade.

„Ich weiß", murmelte er vor sich hin. „Nach dem Essen gehe ich zu Herrn Robinson und frage ihn um Rat."

Also verließ er nach dem Essen sein Häuschen und machte sich auf zum Haus von Herrn Robinson am oberen Ende des Gartens.

Für jemand, der so klein ist wie Mister Klein, war das ein ziemlich weiter Weg und etwa nach der Hälfte hielt er an und machte eine kurze Rast.

Er war ganz schön außer Puste und setzte sich auf einen Kieselstein, um zu verschnaufen.

Ein Wurm kroch des Weges und hielt an.

„Einen schönen Nachmittag, Mister Klein", begann der Wurm.

„Dir auch einen schönen Nachmittag, Walter", sagte Mister Klein zu dem Wurm, den er recht gut kannte.

„Kleiner Spaziergang heute?", fragte Walter.

„Ich muss zu Herrn Robinson", antwortete Mister Klein.

„Ah!", sagte Walter.

„Wegen eines Jobs", fügte Mister Klein hinzu.

„Ah!", sagte Walter der Wurm noch einmal und kroch weiter.

Walter war eher ein wortkarger Wurm …

Mister Klein rastete noch ein wenig und ging dann weiter. Den ganzen restlichen Weg zu Herrn Robinsons Haus legte er ohne weitere Pause zurück.

Dort angekommen, kletterte er die Stufen zu Herrn Robinsons Haustür hinauf.

Er klopfte an.

Aber keiner hörte ihn.

Er klopfte nochmals.

Wieder hörte ihn keiner!

Wenn man so klein ist wie Mister Klein, bringt man einfach kein besonders kräftiges Klopfen zustande.

Mister Klein sah nach oben.

Da, hoch über seinem Kopf, war eine Klingel.

„Wie soll ich denn an der Klingel läuten, wenn ich nicht mal hinkomme?", überlegte Mister Klein.

Er begann, die Wand hochzuklettern, Ziegel für Ziegel, um die Klingel zu erreichen. Nachdem er vier Ziegel hochgeklettert war, machte er einen Fehler: Er schaute nach unten.

„Oh Gott!", rief er und fiel hinunter.

Peng!!

„Autsch!"

Mister Klein rieb sich den Kopf.

Und genau da hörte er Schritte.

Es war der Briefträger. Der Briefträger ging zur Tür, warf seine Briefe ein und wollte gerade wieder gehen, als er ein Stimmchen hörte.

„Hallo", machte das Stimmchen.

Der Briefträger schaute nach unten.

„Hallo", sagte er zu Mister Klein. „Wer sind Sie denn?"

„Ich bin Mister Klein", sagte Mister Klein. „Würden Sie so nett sein und für mich auf die Klingel drücken?"

„Aber selbstverständlich", antwortete der Briefträger und drückte auf den Klingelknopf.

„Ich danke Ihnen", sagte Mister Klein.

„Es war mir ein Vergnügen", meinte der Briefträger und ging.

Mister Klein hörte, wie sich von innen Schritte näherten.

Die Tür öffnete sich.

Herr Robinson machte die Tür auf und blickte sich um.

„Das ist seltsam", murmelte er. „Ich bin mir sicher, dass gerade jemand geläutet hat!"

Und gerade als er die Tür wieder schließen wollte, hörte er eine leise Stimme.

„Hallo", rief die Stimme. „Hallo, Herr Robinson!"

Herr Robinson schaute nach unten, ganz weit nach unten.

„Hallo", sagte er. „Was machen Sie denn hier?"

„Ich bin gekommen, weil ich Sie um Rat fragen wollte", sagte Mister Klein zu Herrn Robinson.

„Nun", meinte Herr Robinson, „dann kommen Sie doch rein, damit wir uns unterhalten können."

Mister Klein folgte Herrn Robinson ins Haus. Als er auf der Armlehne von Herrn Robinsons Lieblingssessel saß, erzählte er, wie schwierig es für ihn war, einen geeigneten Job zu finden.

Herr Robinson nippte an seinem Tee und hörte aufmerksam zu.

„Sie sehen also", erklärte Mister Klein, „wie schwierig das ist."

„Ja, das sehe ich wohl", erwiderte Herr Robinson. „Aber lassen Sie mich das mal machen …"

Herr Robinson kannte eine Menge Leute.

Er kannte zum Beispiel jemanden, der in einem Restaurant arbeitete, und er sorgte dafür, dass Mister Klein dort eingestellt wurde. Er sollte die Senftöpfe mit Senf auffüllen.

Aber weil er so klein war, fiel er andauernd in die Senftöpfe und versank im Senf, so dass er diesen Job bald wieder los war.

Herr Robinson kannte auch jemanden, der im Süßwarenladen arbeitete, und er sorgte dafür, dass Mister Klein dort eingestellt wurde. Er sollte Süßigkeiten verkaufen.

Aber Mister Klein fiel andauernd in die Gläser mit den Süßigkeiten und so war er auch diesen Job bald wieder los.

Herr Robinson kannte jemanden, der in einer Streichholzfabrik arbeitete, und er sorgte dafür, dass Mister Klein dort eingestellt wurde. Er sollte Streichhölzer in Schachteln packen.

Aber Mister Klein wurde versehentlich immer in die Streichholzschachteln eingesperrt und so war er auch diesen Job bald wieder los.

Herr Robinson kannte jemanden, der auf einem Bauernhof arbeitete, und er sorgte dafür, dass Mister Klein dort eingestellt wurde. Er sollte braune und weiße Eier nach Farben sortieren.

Aber wie in einer Falle blieb er immer wieder zwischen den Eiern stecken und so war er auch diesen Job bald wieder los.

„Was machen wir denn nur mit Ihnen?", fragte Herr Robinson eines Abends.

„Weiß ich auch nicht!", erwiderte Mister Klein ziemlich kleinlaut.

„Eine Idee habe ich noch", sagte Herr Robinson. „Ich kenne jemanden, der Kinderbücher schreibt. Vielleicht könnte der Sie brauchen …"

Und so kam es, dass Herr Robinson am nächsten Morgen Mister Klein zu dem Mann brachte, der Kinderbücher schrieb.

„Kann ich für Sie arbeiten?", fragte Mister Klein den Mann.

„Ja, das können Sie", erwiderte der Mann. „Geben Sie mir mal den Bleistift her und dann erzählen Sie mir von all den Jobs, die Sie bisher gemacht haben. Darüber werde ich ein Buch schreiben und das Buch werde ich ‚Mister Klein' nennen", fügte er hinzu.

„Aber Kinder wollen doch kein Buch lesen, das nur über mich geht!", rief Mister Klein.

„Doch, das wollen sie schon", erwiderte der Mann. „Es wird ihnen sogar sehr gefallen!"

Und es hat euch auch gefallen.

Oder etwa nicht?